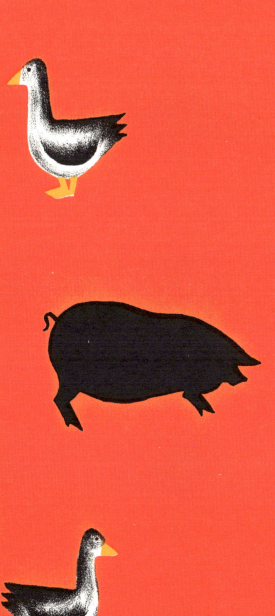

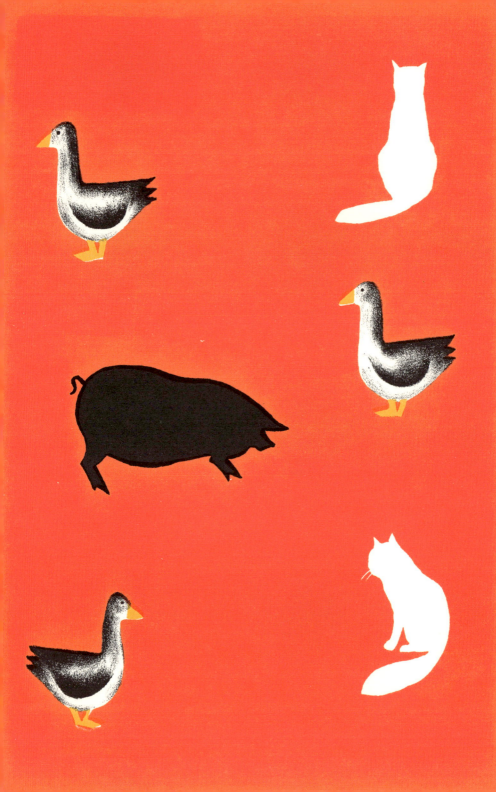

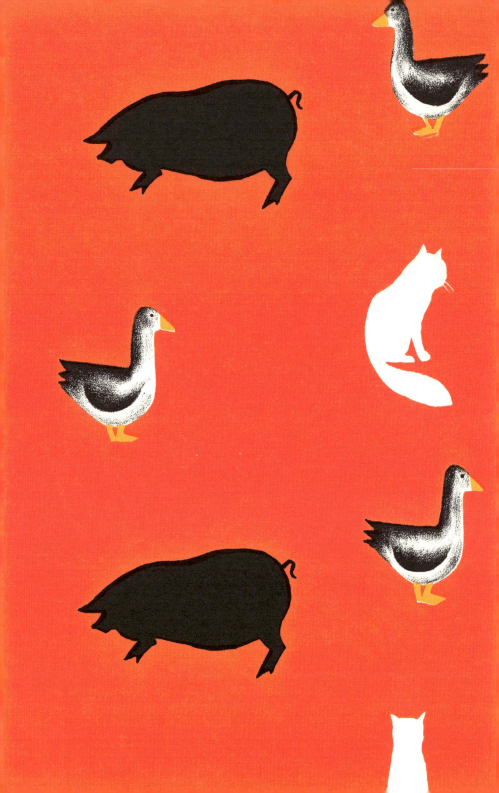

小狗栗丹

〔俄〕**安东·契诃夫** 著

胡逸佳 译

人民文学出版社

图书在版编目（CIP）数据

小狗栗丹 / (俄罗斯) 契诃夫著 ; 胡逸佳译 .
—北京 : 人民文学出版社 , 2015
（大作家小童书）
ISBN 978-7-02-011205-0

Ⅰ . ①小… Ⅱ . ①契… ②胡… Ⅲ . ①短篇小说
—小说集—俄罗斯—近代 Ⅳ . ① I512.44

中国版本图书馆 CIP 数据核字 (2015) 第 271214 号

责任编辑： 甘 慧 尚 飞
装帧设计： 李 佳

小狗栗丹

[法] 安东·契诃夫 著 胡逸佳 译

出版发行　人民文学出版社
社　　址　北京市朝内大街 166 号
邮政编码　100705
网　　址　http://www.rw-cn.com
印　　刷　利丰雅高印刷（深圳）有限公司
开　　本　890mm×1240mm　1/32
印　　张　2.5
字　　数　30 千字
版　　次　2016 年 4 月第 1 版
印　　次　2016 年 4 月第 1 次印刷
书　　号　978-7-02-011205-0
定　　价　20.00 元

目　录

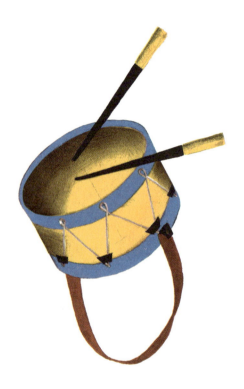

第一章　走失了

　　栗丹是只棕红色的小狗。她是短腿猎犬和看门犬的混血儿，却长着狐狸脑袋。栗丹在马路上走来走去，惴惴不安地东张西望着。她不时地停下脚步哭泣，抬起一只冻僵了的爪子，又抬起另一只，苦苦寻思着自己怎么就走丢了。

那一整天的情形，栗丹记得清清楚楚。经历几个不可思议的小插曲后，她最终被困在这条陌生的路上了。

故事是这样开始的——栗丹的主人艾米尔是个细木工匠，他戴上大盖帽，胳膊下夹着用报纸包好的木块，叫唤着栗丹：

"栗丹，过来！"

栗丹一听到自己的名字，就从工作台下的木屑堆里出来，舒舒服服地伸了个懒腰，奔向主人。艾米尔的客人个个住得远得吓人，要走访所有客人，得随时补充体力才行，于是他成了小酒吧的常客。栗丹回忆着自己在路上完全没有方向感。出来遛弯儿的时候她可开心了，一路蹦蹦跳跳地，对着电车大吼，追赶着路上的狗，所有敞开的门非得进去一探究竟，总是走着走着就不见了踪影。这时，木匠便会停下脚步，生气地训斥她。有一次，木匠脸色都发青了，揪起她的狐狸耳朵毫不留情地猛摇，气得发抖地咕哝着：

"去死吧，龌龊的畜生！"

等到所有客人都走访完以后，艾米尔到他妹妹家里喝了点水，吃了块馅饼，然后去了装订工朋友家，接着去了酒吧，又到了表亲家，接下来又去了……总之，当栗丹不知不觉地晃到这条陌生的路上时，天色已经暗下来了。木匠酒意微醺，高高地举起双臂，一边沉沉地叹着气，一边低声嘟哝道：

"为了这样的生活来到世上，实在是太痛苦了……这一刻，我们走在路上，望着路灯。可一旦死了，还不都是在熊熊的地狱之火中燃烧殆尽。"

说着说着，他的声音变得柔和起来，把栗丹叫过来，对她说：

"我的栗丹呀，你呢，不过就是个成天瞎忙活的

小东西。在大家眼里，你只不过是木匠身边的小车
匠罢了……"

　　正说着，一阵音乐忽然响起。栗丹转过身，看
到一列军队正在她的右边行进。她受不了刺耳的军
乐，大呼小叫地四处乱跑起来。但出乎意料的是，

木匠并没有发火，也没有向她大声咆哮，反而灿烂地一笑，站得笔直，把右手举到帽檐边。栗丹见主人并未抗议，便叫得更带劲了，还发疯似地冲到了马路对面。

　　等她回过神来，军乐已经停了，军队也不见了。她穿过马路，回到刚才丢下主人的地方。哎呀，糟了！木匠已经失去了踪影。她狂奔着回到原来的地方，可木匠就像被埋到了地底下似

的……她又开始在路上捕捉气味，希望能发现主人的踪影。谁知，之前有个坏事的家伙带着一批新橡胶经过这里，橡胶刺鼻的臭味覆盖了所有细微的味道，什么都分辨不出来。

栗丹来回奔波着，怎么也找不到主人。此时，夜幕已经降临了。马路两边亮起了路灯，大楼里的窗户也透出光来。鹅毛般的大雪从天而降，给道路、马背和车夫的帽子都覆上一抹白色。天色越黑，万物就越显得洁白。街上人来人往，从没有间歇过，看得栗丹眼花缭乱，不知所措。陌生的人们行色匆匆，各自赶往目的地，对于栗丹视而不见。

当天色完全暗下来的时候，绝望与恐慌吞噬了栗丹。她蜷成一团，躲在大门的角落里，伤心地痛哭起来。她跟着艾米尔奔波了整整一天，已经精疲力竭，耳朵和爪子都湿透了。最重要的是，她快饿晕了。这一天来，她只在装订工家里蹭了点儿面糊，在酒吧的柜台边找到一小片香肠，别的什么都没吃。如果她是人，这时一定在想：

　　"唉，这过的是什么日子呀！还不如自杀算了！"

第二章 神秘的陌生人

栗丹的脑中一片空白，只能兀自哭泣着。大雪像柔软的羽绒被一般，蒙住了她的头和背。她疲惫不堪，陷入了昏昏欲睡中。这时候，大门吱呀一声打开了，撞上她的肋骨，惊得她跳了起来。有个男人穿过门槛。栗丹尖叫了一声，窝到男人腿边。男人想不注意到她也难，俯身问道：

"可怜的小狗，你从哪儿来的？有没有弄痛你？太可怜了，我说……可别生气呀，对不起。"

大片的雪花悬在栗丹的睫毛上，她透过雪花，端详着面前这个又矮又胖的男人：他的脸有点浮肿，胡子刮得清清爽爽，头戴大礼帽，敞着大衣。

"你在抱怨些什么呀？"男人用手指拂去栗丹背

上的雪，"你的主人呢？你大概是走丢了？可怜的小狗！我们该怎么办呢？"

栗丹在他的声音中寻觅到一丝温柔，她舔舔陌生人的手，呻吟得更哀怨了。

　　"你真是又乖又滑稽！"陌生人说道，"像只真的狐狸一样。我敢打包票，你不用担心了，跟我来就是了！也许以后你还真能帮上点什么忙呢！来，我们走！"

　　他吹了声口哨，明白地打了个"我们走！"的手势。栗丹就跟着他走了。

　　半小时不到，栗丹来到了一间宽敞明亮的房间里。她把脑袋靠在肩上，坐在地上望着陌生人，眼中写满了好奇和感动。此时，陌生人正坐在餐桌前吃晚饭，他边吃边把多余的饭菜丢给栗丹……先是一点儿面包，然后是一块肉，半块酥饼，几根鸡骨头，最后是一块泛绿的格鲁耶尔奶酪皮。栗丹饿得够呛，囫囵地吞着，无暇品尝食物的味道。她吃得越多，就越觉得饿。

　　"你的主人把你饿成这样，怎么也说不过去

呀！"陌生人见栗丹如此狼吞虎咽，对丢给她的食物都不加咀嚼，说道，"你实在太瘦弱了！都瘦得皮包骨头了……"

栗丹吃了不少，很是满足。吃罢，她躺在房间中央，舒展开四肢，全身酥酥麻麻的感觉很舒服，在地上甩起尾巴来。新主人躺在扶手椅上抽烟，栗丹则摇着尾巴，苦苦思索着一个难题：她待在哪里更好呢，是陌生人家还是木匠家呢？陌生人家空荡荡的，又简陋又难看，只有几把椅子、一个沙发、几盏灯和一块地毯。恰恰相反，木匠家满满当当地堆着各种家什：桌子、工作台、碎木屑堆、刨子、凿子、锯子，还有一只养着金丝雀的笼子和一束花……陌生人家里什么味道都没有，而木匠家里总是弥漫着掺杂胶水、木屑和油漆味儿的水汽。但是，陌生人家有个天大的好处，这点得毫不偏袒地

说：陌生人会给她很多吃的。当她坐在桌子前，眼巴巴地望着陌生人时，他从不打她，也不会向她跺脚，一次都没有，更不对着她咆哮："给我滚开，你这个贪吃鬼！"

陌生人抽完烟就出去了，不一会儿取了个垫子回来。

"到这儿来，可怜的老兄！"他把垫子放在沙发边上，说道，"就躺在这儿睡吧！"

接着，他关上灯走了。栗丹躺在垫子上，闭上了眼睛。她听到马路上的犬吠，正想回应，却忽然感到悲从中来……她想起了艾米尔和他的儿子罗杰，还有工作台下舒服的床铺……她又想起了冬日的漫漫长夜里，木匠有时在刨木，有时在大声地读报，罗杰则照常和自己一块儿玩耍……罗杰拖着栗丹的后腿，把她从桌子底下拽出来，让她不停地转圈，直到眼冒金星，四肢酸痛。他命令栗丹用后腿走路，让她"敲钟"——猛摇她的尾巴，直到她疼得大喊，才赏给她一丁点儿烟草……而最痛苦莫过于此：罗杰买来穿在细绳上的肉块，伸到她跟前，等她一下咽又把肉从她胃里抽出来，自己看得哈哈大笑。这些回忆越清晰，栗丹就哭得越伤心，呻吟

得越惨烈。

　　但是，疲倦和温暖很快就取代了悲伤……栗丹睡着了。她梦见了不少狗同胞，其中有一只老狗让她记忆犹新。那天，她在外面看到了这只卷毛狗，他的眼睛里有一块白斑，鼻子边有一簇绒毛。罗杰手持凿子，追赶着卷毛狗。不一会儿，他披上了"毛衣"，欢快地叫嚷起来，来到栗丹旁边。栗丹和卷毛狗热情地碰了碰鼻子，从街上逃跑了……

第三章 友好的新朋友们

栗丹醒来时，天空已是一片晴朗。马路上喧闹得像白天一样，屋里却空荡荡的。她伸了个懒腰，打了个哈欠，开始到处巡视，脸上写满了不快和郁闷。她闻了闻角落，嗅了嗅家什，溜进门厅里，却什么好玩的都没找到。面前还有一扇门。她想了想，开始用前爪叩门，顺利地打开门，闯入了隔壁房间。昨晚那个好心的陌生人正躺在床上，身上裹着厚厚的毛毯。她想起了那顿晚餐，低声嗷叫起来，开始摇着尾巴吸鼻子。

栗丹把鼻子凑近陌生人的衣服和鞋子，闻到一股浓浓的马骚味。接着，她发现另一扇门也关着。她叩了叩门，用尽全身力气，终于把门推开了。门一打开，她就闻到一股让人生疑的怪味。房间里堆满了废纸。她的预感告诉她，这次的照面恐怕不怎么愉快，于是在走进这房间时，她就全副戒备，沉沉地嗷叫着。但她很快就被吓退了。眼前这一幕太诡异，太可怕了：一只灰色的鹅扑打着翅膀向她冲来，喘着粗气尖叫着，脑袋和脖子都快冲到地上了。不远处，一只白猫躺在垫子上，他一见栗丹就站起身，拱起背，晃着尾巴，竖起毛，同样发出一声尖利的叫声。栗丹吓得心惊肉跳，但不想表现出自己的恐惧，于是响亮地怒吼着，向白猫扑过去……白猫的背拱得更厉害了，喘着气，猛地给了栗丹一巴掌。栗丹突然跳起来，收拢四肢，张嘴大叫起来，整个房间都充满了她挑衅的叫声。此时，灰鹅从栗丹背后逼近，狠狠地啄了一下她的背。栗丹惊跳起来，向灰鹅扑去……

"怎么回事？"陌生人洪亮的声音中带着愠

怒，他穿着睡衣走进房间，嘴里叼着烟，质问道，"这算什么意思？够了！"

他走到白猫旁边，把他拱起的背压下去，说道：

"马修！这算什么意思？你们是在打群架吗？老滑头，一边去！安静

点！"

接着，他转向灰鹅，大声呵斥：

"还有你，阿加莎，该待哪儿待着去，嗯？"

白猫顺从地躺回自己的垫子，闭上了眼睛。他的鼻子和胡子似乎都在诉说着，被牵扯到这场群架中，他自己也不怎么高兴。栗丹被欺负得直哼哼。灰鹅伸着脖子，开始嘎嘎急叫，声音既亢奋又清脆，却让人听得丈二和尚摸不着头脑。

　　"好了，好了！"主人打着哈欠说，"你们应该和平友爱地共处才是。"他抚摸着栗丹，"至于你，棕红色的小家伙，别害怕……他们都是好朋友，没什么恶意。嗯，等一下，我们该怎么称呼你呢？你总不能一直像这样没名字吧，我的宝贝。"

　　陌生人想了一会儿，说：

　　"这样吧！嗯……我们就叫你……玛红……听到没？玛红！"

　　他反复念叨着这个名字，走了。栗丹坐在后腿上，观察起两位同伴来。白猫依旧一动不动地躺在垫子上，像睡着了一样。灰鹅已经收起了脖子，在原地顿足，急不可耐地发表她那激情澎湃的讲话。她显得很有智慧：每段长篇大论之后，她总会被震撼得后退几步，似乎对自己的口若悬河相当欣赏……栗丹对她的讲话报以一声嗷叫，开始探索起房间的各个角落来。她在其中一个角落里找到一个小笼子，里面装着豌豆和调好的面包皮。她试了试豌豆，不合口味，于是又尝了口面包，开始吃起来。灰鹅见素不相识的狗动了自己的口粮，倒是没有发火，反而叫得更起劲了。为了显示自信，她走近食槽吞了几颗豆子。

第四章 奇迹中的奇迹

不一会儿，陌生人回来了，还带着一个奇怪的玩意儿，像是个架子。这个木架子做工粗糙，上面悬着铃铛和手枪，铃铛锤和扳机上都吊着绳子。陌生人把架子移到房间中央，放在自己的脚边，开始整理绳子和绳结。整理完后，他把灰鹅叫过来：

"阿加莎，看你的了！"

灰鹅走到主人跟前，停下脚步。

"好嘞！"陌生人说道，"我们从头开始。首先，问好敬礼！快！"

阿加莎伸出脖子向各个方向扭动着，又把爪子举到脖子边上，行了个"军礼"。

"太棒了，简直是完美……听着，现在你快要

断气了！"

灰鹅就四脚朝天地躺在地上了。陌生人又让她要了几个小把戏。忽然，他把脸埋在双手间，脸上流露出恐惧的表情，尖叫着：

"救命啊！着火了！房子烧起来了！"

阿加莎跑到架子前，叼住绳子拉响了铃。陌生人的满意之情溢于言表，他抚摸着灰鹅的脖子说：

"阿加莎，你真是个天才！接下来，你要扮成

卖黄金和首饰的珠宝商。你到店里发现有人在偷东西，该怎么办？"

灰鹅叼起另一根绳子往下一拉，一声震耳欲聋的枪声随即响起。栗丹很喜欢之前的铃声，听到这枪声，她更是乐不可支，叫嚷着绕着架子奔跑起来。

"玛红，一边待着去！"陌生人朝她吼，"给我安静点！"

阿加莎的任务并没有到此结束。在整整一个小时的时间里，她还得跟着陌生人的鞭子绕圈，跨障碍物，跳铁环，直立行走——坐在尾巴上挪动爪子。栗丹看得目不转睛，不时兴奋地尖叫着，甚至好几次冲到阿加莎身后，放声地大叫。陌生人把灰鹅累得够呛，自己也精疲力竭，他擦了擦额头上的汗水，喊道：

"玛丽，把西莱斯坦给我带进来一会儿！"

不一会儿，一声低沉的叫声传来……栗丹也跟着低嗷，一副雄赳赳气昂昂的样子。不过，为了以防万一，她紧靠在陌生人身边。门打开了，一位老妇人探头说了几句话，又带了一头难看的黑猪进来。黑猪丝毫没有注意到栗丹的叫声，他抬起头来，欢快地吸了吸鼻子。看得出，他见到主人、白猫和阿加莎很高兴。黑猪走到马修身边，温柔地用鼻子拱了拱他的肚子，又跟灰鹅聊了几句。他的一举一动，他的声音，加上摇个不停的尾巴，都说明了这是个友善的家伙。栗丹马上意识到，对着这几个家伙低嗷也好，吠叫也罢，全是白费功夫。

主人把架子移走，喊道：

"马修，该你了！"

白猫站起身来，懒洋洋地伸了个懒腰，不紧不慢地走到黑猪旁边，甚至还带着些许傲慢。

"好了，"主人说道，"我们要开始搭'埃及金字塔'啦。"

他开始了冗长的讲解，讲得非常投入，然后一声令下："一……二……三！……"

一听到"三"，阿加莎就扑打着翅膀跳到黑猪背上。她用翅膀和脖子保持着平衡，在黑猪凹凸不平的背上站得稳稳当当的。马修无精打采地爬到黑猪背上，毫不掩饰他对这些伎俩的轻蔑和鄙视。接着，他心不甘情不愿地爬到灰鹅背上，用后腿站起来。这就是主人所谓的"埃及金字塔"。栗丹热情地欢呼起来。谁知，就在这时候，猫老兄打了个哈欠，失去平衡，从灰鹅背上掉了下来。陌生人尖叫起来，手舞足蹈地重新开始讲解。搭金字塔已经花了整整一小时，可陌生人丝毫没有怜悯之心，他又开始教阿加莎骑猫术，指导白猫吸烟，诸如此类。

大作家小童书

　　终于，陌生人抹着额头上的汗走了，训练课就此结束。马修厌倦地叹了口气，躺在垫子上，闭上了眼睛。阿加莎朝着笼子走去。黑猪则被老妇人带走了。对栗丹而言，这一天发生了太多新鲜事，白天转瞬即逝。不知不觉地到了晚上，她已经回到了自己的房间，躺在床上了。马修和灰鹅与她共处一室。

第五章 她简直是天才！

一个月的时间转瞬即逝。栗丹习惯了每天丰盛的晚餐和"玛红"这个新名字，也熟悉了陌生人和新的伙伴们。日子过得平静如水。

每天都是这样开始的：阿加莎通常第一个醒来，她一起床就跑到玛红或者白猫身边，伸长脖子，开始发表她那生动、坚定却不知所云的讲话。有时，她也

会高昂着头，喋喋不休地自言自语。刚开始，栗丹觉得灰鹅很有智慧，才能如此能说会道，但久而久之，就对她没什么想法了。当阿加莎跑过来没完没了地嚼舌时，栗丹不再摇尾巴了，反而觉得她是个长舌妇，扰得大家睡不着觉，但又无可奈何，只好回敬她一声低嗷……

马修先生的个性就完全不同了。他醒来的时候总是安静地待着，一动也不动，连眼睛都不睁开。看得出他不太喜欢目前的生活，宁可一直不要醒。没有什么能提起他的兴趣，或者打消他的怯懦和轻蔑。他鄙视一切，甚至在享用美餐时，也忍不住厌烦地叹气。

栗丹醒来后，总要到所有房间巡视一遍，东闻闻，西嗅嗅。这里，只有她和白猫有整栋公寓的通行证。灰鹅不允许走出房间，西莱斯坦住在院子的小破屋里，训练的时候才能出来。主人起得晚，一吃完早餐就开始训练。房间里每天都摆放着架子、鞭子和铁环，每次训练都是从同样的内容开始。训练课要持续三四个小时。马修常常累得东倒西歪，活像个醉汉，阿加莎则张着嘴直喘气，主人也是满脸通红，连额头上的汗都顾不上擦。

白天能学到好玩的，吃到好吃的，但晚上可就无聊了。傍晚，主人通常会带着灰鹅和白猫离开，留下玛红独自躺在床铺上，她不禁忧心忡忡起来……黑暗充斥着整个房间，悲伤如黑暗一般悄然而至，一点一点地将她吞噬。刚开始，她闷声不响，茶饭不思，不再在房间里奔跑，甚至连眼睛都不愿睁开。后来，她依稀看到了两个幻影，很难分辨是人是狗，他们的面孔和蔼可亲，却神秘莫测……幻影一出现，玛红就开始摇尾巴，似乎与他们相识已久……每当昏昏欲睡

时，她都会在他们身上闻到一股掺杂着胶水、木屑和油漆的味道。

玛红完全适应了新生活，她从一个纤弱的野丫头摇身一变，成了娇生惯养的富家小姐。有一天，训练开始之前，主人抚摸着玛红，对她说：

"玛红，是时候干点正事儿了。你已经游手好闲好一阵了。我要把你培养成一个艺术家……你喜

欢当艺术家吗？"

主人开始教她学习各种技能。第一堂课上，她

学会了站立和直立行走，非常开心。第二堂课开始，教练拿着一块糖高高地举过她头顶，她得用后腿起跳抓住这块糖。后来的几堂课上，她开始学习跳舞，转圈，伴着音乐唱歌，拉响铃铛和开枪。经过一个月，她已经可以完全取代马修在"金字塔"里的位置了。她很喜欢学习，也对自己的进步感到欢喜。她吐着舌头跟着鞭子绕圈跑，跳着越过铁圈，抑或是骑在黑猪背上，这一切都显得其乐无穷。每一轮训练顺利结束时，她都会跟上一声清亮

愉悦的吠叫。主人见状，又惊又喜地搓着手。

"太有才了！她是个天才！"主人赞叹道，"简直无与伦比！成功非你莫属！"

玛红对"天才"这个称呼毫不羞赧，每次主人喊她"天才"时，她都会高兴得跳起来，眼睛滴溜溜地望着四方，仿佛"天才"正是自己的别名。

第六章　惊魂一夜

玛红做了个梦，梦见门卫拿着扫帚追她，吓得她惊醒过来。

陪伴着她的，只有一片宁静。黑夜里，闷热的天气让人窒息。跳蚤忙不迭地折磨着她。她从不怕黑，但这天夜里，一种没来由的不安紧紧地缠绕着她，缠得她想要叫出声来。主人在隔壁房间大声地叹着气。不一会儿，黑猪在他的小屋里嗷叫起来。但这一切很快又重归宁静。每当我们想到美食的时候，总能重拾轻快的心情。玛红想起自己从马修那里抢来了一块鸡肉，把它放在客厅的柜子和墙壁间，藏在一个蒙着灰尘和蜘蛛网的角落里。现在，是时候去看看肉片还在不在了。她很担心主人已经

找到这块肉，把它吞进肚子了。可是天亮之前她不能走出房间，这是规定。玛红闭上眼睛，希望能早点睡着。她有经验：睡得越早，就越快挨到早上。突然间，身边传来一声骇人的尖叫声，吓得她一个激灵，惊跳起来。原来是阿加莎的声音，她一改平日常态，并没有信心满满地开始饶舌，而是发出一声粗暴的叫声，那声音像是开门时的嘎吱声，又刺耳又诡异。在一片黑暗中，什么都看不见，玛红不知发生了什么。她更害怕了，忍不住低嗷起来。过了很久，久得都足够啃完一大块骨头了，她的叫声却没有得到半句回应。慢慢地，玛红冷静下来，进入了梦乡。她梦见两只大黑狗，肚子和屁股上留着毛，那是去年的造型了。这两只狗贪婪地舔食着洗碗水。装水的盘子里冒着白色的蒸汽，散发出一股诱人的味道。他们不时地转过身来，龇牙咧嘴地对着玛红低吼："没你的份！"好在有个男人从大楼里走出来，他身着大衣，用鞭子赶走了大狗。可男人刚跨进门，两只大狗马上又冲过来对着玛红大吼。忽然，一声刺耳的尖叫声传来。

"啊！啊！"阿加莎大声地尖叫着。

玛红惊醒过来，连床都没来及下，就站起身嗥叫起来。她早已忘了是阿加莎在尖叫，而觉得这叫声是来自某个陌生人。此时，黑猪又开始在小屋里

低嗷起来。

　　紧接着，玛红听到拖鞋滑过的声音。是主人进来了，他穿着睡衣，手里拿着一支蜡烛。烛光赶走了黑暗，在废纸片和天花板上留下摇摇曳曳的光影。玛红这才意识到屋里并没有陌生人。阿加莎没有睡觉，她摊着翅膀坐在地上，张开着嘴，看起来疲惫不堪，口干舌燥的。马修老兄也不睡了，或许他也被尖叫声吵醒了。

　　"阿加莎，你怎么啦？"主人问道，"你嚷嚷什么呀？病了吗？"

　　灰鹅没有回答。主人摸着她的脖子，抚着她的背说道：

　　"你太不像样了！自己不睡觉，也不让别人睡。"

　　主人拿着蜡烛离开了。房间又回到了一片黑

暗，玛红的恐惧也跟着回来了。灰鹅不再尖叫，但玛红觉得有个陌生人跟随黑暗溜进了房间。最可怕的是，这个陌生人看不见摸不着，也咬不到。她寻思着，夜里一定会发生什么恐怖的事。马修也不安分起来了，只听到他在垫子上翻来覆去，打着哈欠，摇着头。

　　待在小屋里的黑猪听到外面的敲门声，低沉地嗷叫起来。玛红把头枕在前腿上，也跟着叫起来。阿加莎尖叫声中的恐慌感，也同样弥漫在敲门声中，弥漫在不眠的黑猪的叫声中，弥漫在黑暗和寂静中。周遭的一切都让人不自觉地警惕起来。究竟发生了什么？这个看不见的陌生人到底是谁？忽地，玛红身边闪起两道绿色的微光。原来是马修，这是他们相识以来，马修第一次主动接近她。他这是想干什么呢？玛红没有问出声，她舔了舔马修的爪子，低声痛哭起来，音调忽高忽低。

　　"啊！"阿加莎尖叫着，"啊！啊！"

　　门又打开了，主人带着蜡烛进来。灰鹅在原地一动不动，她的嘴张开着，耷拉着翅膀，眼睛已然闭上了。

　　"阿加莎！"主人叫道。

灰鹅一动也不动。主人跌坐在地，静静地看着她，过了好一阵才缓过神来：

"阿加莎！你这是怎么了？你快要死了？啊！我想起来了，现在我明白了！"他把头深深地埋进双手，大声叫道，"我知道是怎么回事了！是那匹马，今天有匹马从你身上踏了过去！天哪！我的天哪！"

玛红听不懂主人在说些什么，但主人的面部表情明明白白地告诉她，有些可怕的事情即将要发生。她坚信隐形人就藏身在某个阴暗的角落，于是把鼻子凑近那个角落，嗥叫起来。

"她快不行了，玛红！"主人双手合十，"没错，就是这样，她要死了！死神闯入了你们的房间。这可如何是好呢？"

主人脸色惨白，不知所措地回到自己房间，一

路叹着气，摇着头。玛红不敢留在这一片黑暗中，跟着主人离开了。主人坐在床头，重复着同样的话：

"天哪，怎么办呢？"

玛红围着主人的腿打转。她不明白这种恐慌从何而来，也不知道大家为什么都那么惊慌，于是就一步不落地跟着主人，想找到点线索。马修也进来了，在主人的腿边蹭来蹭去，平时他可是连自己的床铺都不太离开的。他摇了摇头，似乎这样就能摆脱沉重的思想包袱，又满脸狐疑地望着床底。

主人拿着碟子，到盥洗室倒了点水，回到灰鹅身边：

"喝点水吧，阿加莎！"他把碟子放在灰鹅跟前，温柔地说，"喝吧，我的小宝贝！"

但阿加莎一动都不动，也没有睁开眼睛。主人

把她的脖子扭向碟子，帮她把嘴伸进水里，可她还是喝不了水。她的翅膀耷拉得更厉害了，脑袋杵在那儿，直挺挺地伸向碟子。

"没办法了，没什么

可做的了！"主人叹了口气，"结束了，再也没有其他人了！"

晶莹的泪珠从他脸上滑落，如同雨水滑过窗户。玛红和马修不明白发生了什么，只是紧紧地靠在主人身边，恐惧地看着灰鹅。

"可怜的阿加莎啊，"主人沉沉地叹息着，"我多想在春天带着你去原野，一块儿在翠绿的草坪上踏踏青。可怜的小畜生，我勇敢的战友，你就这样离开了！这会儿，没有你我可怎么办呢？"

玛红意识到，同样的事情总有一天也会发生在自己身上，她也会这样不明不白地闭上眼睛，也会四脚僵直，张开着嘴，引来别人惊恐的目光。马修从未像现在这般忧郁沉默，或许这位老猫兄也被同样的想法折磨着。

天亮了，让玛红胆战心惊的那个隐身人已经从屋里消失了。当天色完全转亮时，门卫提着灰鹅的腿把她带走了。不一会儿，老妇人进来取走了笼子。

玛红来到客厅，看了看柜子后面：那块鸡肉还留在原地，埋在灰尘和蜘蛛网中，没有被主人发现。但她一点都高兴不起来，反而难过得想要哭。她连肉片都没有闻一下，就躺在沙发下沉吟起来，声音很虚弱："呜！呜！……"

第七章 出师不利

一天晚上，主人来到这间满是废纸的房间，搓着手说道：

"那么？……"

他还想说些什么，但什么都没说就走了。经过几次训练课，玛红已能准确地读懂主人的表情和语调了。依她看，主人有点激动，有点焦虑，多半还不太高兴。过了一会儿，主人又回来了，说：

"今天，玛红和马修跟着我去。玛红，你今晚要代替可怜的阿加莎上场，搭'金字塔'。太不走运了！我们什么都没准备，也没好好练习过，你什么都不懂！这次丢脸是丢定了，大家都会喝倒彩的！"

　　说着，他又出去了，回来时已经穿好了宽大的大衣，戴上了大礼帽。他走近白猫，抱着他的前腿把他塞进胸前的大衣里。马修一脸漠然，连眼睛都懒得睁开。躺着或是被主人抱着，躺在垫子上或是蜷在主人胸前的大衣里睡觉……对他来说没什么两

样。

"过来，玛红。"主人说
道。

玛红摸不透主人的意图，
但还是摇着尾巴跟着他。不一
会儿，她已经上了车，蜷在主
人的脚边坐着了。主人哆嗦
着，不只因为天气冷，也因为
心情紧张。他嘟哝着：

"太丢脸了！大家都会喝
倒彩的！"

车子在一幢奇形怪状的大楼前停下了。整幢楼
像一只倒放的大汤碗，宽敞的入口处装着三扇玻璃
门，被十几盏指路灯照得亮锃锃的。伴着巨大的噪
音，大门打开了，如血盆大口一般吞没了门口的人

群。门口人山人海，车水马龙，但车上都没有带着狗。

主人把玛红抱起来，塞到胸前的大衣里，和马修作伴。大衣里伸手不见五指，闷得透不过气，但很温暖。忽地，两道绿莹莹的微光一闪而过。玛红的爪子冷冰冰、毛糙糙的，扰得她的猫邻居睁开了眼睛。她舔了舔白猫的耳朵，开始不安地抖动起来，用冷冰冰的爪子挤着白猫，想坐得舒服一点。一个不注意，她从大衣里探出头来，但马上低低地叫一声，躲回衣服里。她依稀看到一个大厅，尽管很宽敞，但灯光昏暗，里面还住着不少怪物。房间四周全都围着栅栏。透过栅栏，她看到了很多可怕的嘴脸，有马嘴、牛角、长耳朵，还有个大鼻子，但鼻子的位置上却长了条尾巴，下颚上还生着两根又长又亮的骨头。

白猫受不了玛红的爪子，发出了一声嘶哑的叫声。就在此时，主人敞开大衣，大喝一声："嘿！"他俩就应声跳到地上。眼下所在的房间用灰色木板隔开着，装修得很简单，只有一个凳子和一个小桌子，桌上摆着镜子，角落里悬着一些碎布片。室内没有灯，也没有蜡烛，只有一团火在墙上伸出的管道上熊熊燃烧着，像扇子似的。马修舔了舔被玛红压乱的毛，钻到凳子底下躺了下来。主人的情绪还是很激动，他搓着手，开始脱衣服……直到脱得只剩衬衫，和平时睡前一样。接着，他坐在凳子上，仔细端详着镜子，开始施展他那精湛的技艺。首先，他戴上了假发，假发上有两簇像牛角状的发束。接着，他在脸上涂了一层厚厚的白釉，画上了眉毛、胡子和红色的脸颊。此时，他的面孔和脖子都已经花成一团了。好戏还在后头，他穿上了

一件夸张的戏服，玛红从没在家里和大街上看到过这种衣服。想象一下，这条肥大的裤子用大号印花布制成，这种布料通常在廉价的室内装潢中，被用作窗帘和家具装饰；裤子的拉链就在腋窝下；裤管一条是棕红色的，一条是浅黄色的。主人乐在其中，他又披上了一件短外套，领子上配着宽大的花饰，后背则镶着一颗金色的星星。然后，他穿上了颜色不一的长筒袜

和绿色的鞋子。这些都让玛红大开眼界，眼花缭乱。
尽管这张白乎乎的面孔有着主人熟悉的味道和独特的
声音，但有个想法不时困扰着玛红，她想离开这个扎
眼的地方，放声叫喊。陌生的地方，扇形的火光，杂
乱的味道，变了样的主人，都让她感到恐惧，并且让
她预感到会碰上那个尾巴长在鼻子上的大鼻子怪物。
墙壁后，远远地传来一阵讨厌的音乐，还不时地掺杂
着不知所云的叫声。唯一让她宽心的是马修一脸无所

谓的表情。他正静静地在凳子底下闭着眼睛打盹，即便有人过来挪动位子，他也无动于衷。

一个身着白色西装和衬衣的男人探过头来说：

"现在是阿拉贝拉小姐的表演时间。下一个就是您。"

主人没有作答。他把小箱子从桌子底下拖出来，坐在箱子上等待。他的嘴唇和手出卖了他紧张的心情，玛红甚至能听到他急促的呼吸。

"该您了，乔治先生！"门后有人叫道。

主人起身，把白猫从凳子下拉出来，藏在箱子里。

"到这儿来，玛红，"主人压着喉咙说道。

玛红没听懂主人的话，但还是朝着他的双手走去。主人揪着她的耳朵把她抱起来，安顿在马修旁边。这下，玛红眼前又是一片漆黑了……她踩在白猫

身上，挠着箱子内壁，害怕得不敢做声。箱子像在浪尖上一样地滚动着，震颤着……

"我来啦！"主人大声喊着，"我来啦！"

箱子停住了，玛红感觉它似乎撞上了什么硬的东西。一声怒吼随之而来。一定是撞到谁了，多半就是那个鼻子上长着尾巴的怪物，他的咆哮声和尖叫声把箱锁都震动了。主人用一声短促却刺耳的笑声回应对方，他在家里可从没这样笑过。

他试图控制住喧闹的现场："好了，女士们，先生们！我刚下火车。我的祖母不久前过世了，给我留下了一笔遗产！这箱子重得要命，一定装满了金子……啊哈，有没有一百万呢？让我们打开箱子拭目以待……"

箱锁嘎吱一声打开了。一束强烈的光线刺进玛红的眼睛。她跳到地上，听到各种震耳欲聋的叫声，就开始地乐此不疲地围着主人转圈跑，中气十足地叫嚷着。

"啊！"主人又喊道，"这不是马修叔叔吗！还有玛红阿姨！我看到你们不知有多高兴呢！哎呀，她本该意识到要留些更好的东西给我的！"

主人俯着身子冲下跑道，紧紧地拥抱着玛红和马修。玛红在主人怀里奋力地挣扎着，想好好看看这个命运指引着她来到的地方。眼前的一幕如此壮观，使她大吃一惊，甚至有那么一小会儿，她竟欢喜得呆若木鸡。玛红从主人的怀抱里挣脱出来，她觉得五味杂陈，在舞台上打起转来，活像个陀螺。这片属于她的新天地既宽敞，又明亮。从地板到天花板，她的目光所及之处，除了脑袋还是脑袋。

"请坐，玛红阿姨，"主人喊道。

玛红心领神会，她跳上椅子坐好，目不转睛地盯

着主人。主人的目光一如既往地认真而温柔，可他
的脸庞却被僵硬的微笑扭曲了，尤其是他的嘴和牙
齿都变形了。主人在大庭广众下显得并不紧张，他
笑着，跳着，挥舞着手臂，装出一副自得其乐的样
子。对于这伪装的快活，玛红并不起疑。突然间，
她彻头彻尾地感受到，成千上万的观众正盯着她，

于是昂起狐狸脑袋，欢快地叫起来。

　　"玛红，我要跟马修叔叔跳华尔兹。你就乖乖地坐着，没问题吧？"主人关照玛红。马修冷冷地环顾着四周，直到主人叫他去耍那些愚蠢的小把戏。他无精打采地跳着舞，一副事不关己郁郁寡欢的样子。他的舞步，他的尾巴和耳朵，无不诉说着他深深的鄙夷。他鄙视熙熙攘攘的观众，鄙视绚丽夺目的灯光，鄙视主人，也鄙视自己……表演结束后，他打着哈欠，坐下了。

　　"玛红阿姨，我们先合唱一曲，再一起跳舞，好吗？"主人说道。

他从口袋里掏出一支笛子，开始了演奏。玛红对音乐忍无可忍，在椅子上坐立不安地哼哼着。掌声和喧哗声响遍了全场。主人向观众致了致意，待现场安静下来后，重新开始吹笛子……演奏中，有个音调吹得太高了，顶层看台上发出一声沉重的叹气声。

"爸爸！"紧随其后，传来一个孩子的声音，"你快看，是栗丹！"

"没错，就是她！"这回是个醉醺醺的声音，"栗丹！罗杰！哦，上帝啊！真的是栗丹！咻！"

看台上传来一声嘘声，两个声音同时大喊着："栗丹！栗丹！"一个是孩子的声音，一个是男人的声音。

玛红怔了一下，寻着声音望过去。两张面孔映入了她的眼帘，让她又惊又喜，就像刚才看到那绚

丽的灯光一样。一个人头发蓬乱，喝得烂醉，脸上溢满了微笑；另一个人的脸蛋圆嘟嘟、红彤彤的，写满了惊讶……记忆的匣子打开了。玛红跳下椅子，在沙里打了个滚，兴奋地尖叫着，跳起来向那两张面孔飞奔过去。场内一片哗然，嘘声中掺杂着一个尖锐的童声："栗丹！栗丹！"

玛红跃过了栅栏，接着又从一个人的肩上跳过去，来到了隔栏处。要到达上一层看台，必须穿过一道高高的隔墙。她奋力地跃起，但又掉回到舞台边。于是她从观众的手上一路踏过去，亲吻着人们的手指和脸庞，越爬越高，终于来到了看台高层……

一个半小时过后，栗丹已经跟着老主人在路上小跑了，他们身上散发着胶水和油漆的味道。艾米尔跟跄着，尽可能地与河边保持距离，过去的经验赋予了他这种本能。

"为了这样的生活来到世上，实在是太痛苦了……而你，栗丹，你也没什么好骄傲的。在大家眼里，你不过就是木匠身边的小车匠罢了……"

罗杰戴着父亲的帽子，陪在他身边。栗丹望着他们的背影，仿佛这样跟着他们已经很久很久了。她庆幸自己的生活没有被打断，一分钟都没有。

她想起了那间满是废纸的房间，想起了灰鹅和马修，想起了丰盛的美餐，想起了训练课和马戏团。而现在，这一切对她而言，似乎只是一场曲折而痛苦的梦……

关于本书

　　安东·契诃夫、娜塔莉·帕兰……在插图书历史上，我们很难再看到如此强大的组合——两位天才合作完成一本书。著名插画家的配图与契诃夫最有名的故事之一相得益彰。这一切都是为了一只长着狐狸脑袋的小狗！栗丹是只充满尘世味的小狗，体验着日常生活中的变故。原本，她的生活被饥饿和一种粗暴的爱占据着，后来，她有望成为一颗闪亮的艺术新星。

　　契诃夫毕生在报纸上发表了许多小说，每一篇都堪称文学瑰宝。《小狗栗丹》正是其中之一。1887年，圣彼得堡的《新时代》杂志发表了这

篇小说。如同契诃夫笔下的许多小说人物，栗丹受尽了命运无稽的玩弄。这只小狗与其他小说主人公一样，凭着求生的本能来面对接二连三的灾祸。当马戏团的小插曲告一段落后，栗丹才欣喜地发现，生活又回到了原来的轨迹上。但这一切若只是一场梦呢？

小说中，作者既描写了简单快乐的马戏团表演，又描绘出当时莫斯科商人和工匠聚居区的后院生活。要把这些场景融合在一起，就必须将现代画的自然风格和简洁明了的画面架构结合起来。娜塔莉·帕兰为这本书绘制了完美的插图，她的笔触有力而不失优雅。二十世纪二十年代，娜塔莉在莫斯科求学，她所接受的教学理念与众不同。正是这种理念将劳动人民和日常生活放到了艺术的核心位置，革新了美学观念。

1930年，娜塔莉的插图生涯正式开始，她为安德烈·布克雷的著作《我的猫》绘制了插图。值得一提的是，她还为马塞尔·埃梅的《逮猫游戏》绘制了插图。1941年，她凭借该书获得了法兰西学术院美术奖。1932年，《芭芭雅嘎》在法国出版。1934年，《小狗栗丹》在法国出版。1936年，托尔斯泰的《真实的故事》在法国出版。这三本书均由娜塔莉·帕兰配图，使得俄罗斯儿童文学在法国大放异彩。

作为一名杰出的插画家，娜塔莉·帕兰逼真地描绘出小狗栗丹、鹅和猪的形象。她利用纸张的留白，就着镂花模板绘制背景，将先锋艺术以及普罗艺术融合在一起，为插图注入了生命力。她惜色如金，狗的棕色皮毛，鹅的白色翅膀与猪的黑色剪影，以及主人五颜六色的小丑服，形成了巨大的色

彩冲击。本版图书复制了娜塔莉·帕兰首印本的原

版插图，这些插图极为珍贵。

大作家 小童书

★★★★

———————————— 第一辑 ————————————

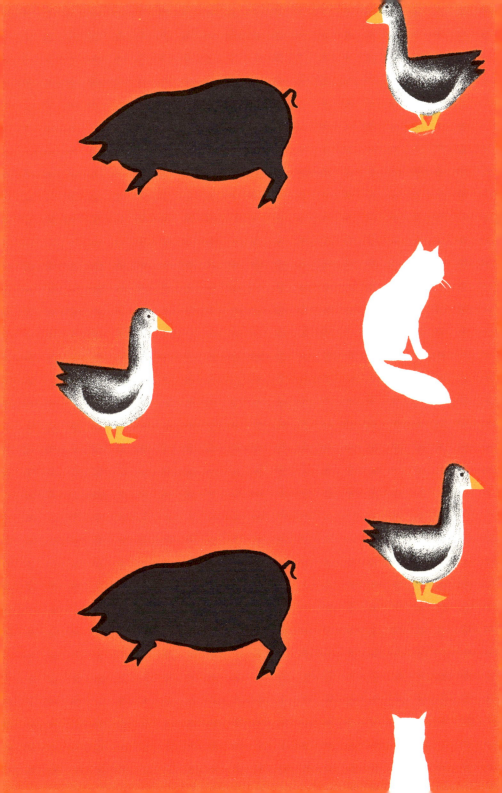

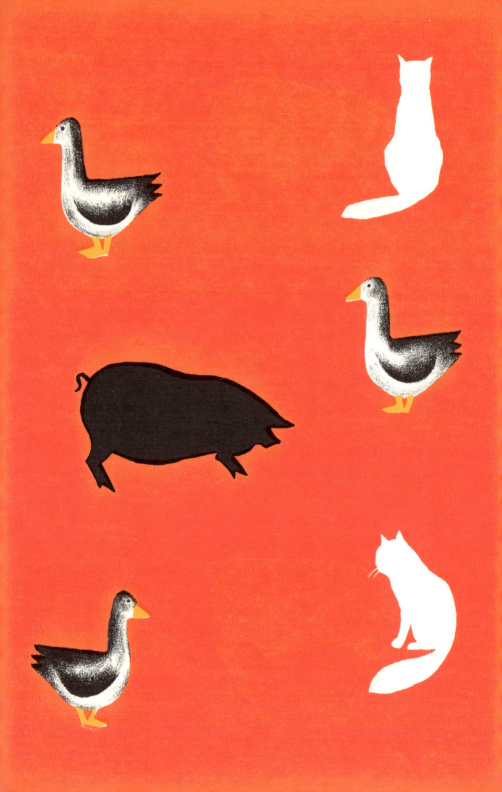